LE "SÉNÉGAL"

AU

LAZARET DU FRIOUL

DISCOURS

PRONONCÉ A L'ACADÉMIE DE MÉDECINE LE 12 NOVEMBRE 1901,

EN RÉPONSE A M. LE Dr BUCQUOY,

PAR

HENRI MONOD,

CONSEILLER D'ÉTAT,

DIRECTEUR DE L'ASSISTANCE ET DE L'HYGIÈNE PUBLIQUES,

MELUN

IMPRIMERIE ADMINISTRATIVE

M DCCCC I

LE "SÉNÉGAL"

AU

LAZARET DU FRIOUL

DISCOURS

PRONONCÉ À L'ACADÉMIE DE MÉDECINE LE 12 NOVEMBRE 1901,

EN RÉPONSE A M. LE Dr BUCQUOY,

PAR

HENRI MONOD,

CONSEILLER D'ÉTAT,

DIRECTEUR DE L'ASSISTANCE ET DE L'HYGIÈNE PUBLIQUES.

MELUN

IMPRIMERIE ADMINISTRATIVE

M D CCCC I

(La Revue générale des sciences *avait organisé pour le mois de
septembre dernier une croisière en Syrie et en Palestine*.

*Cent quatre-vingt-treize passagers s'embarquaient à Marseille le
14 septembre sur le Sénégal, paquebot des Messageries maritimes.
Ces passagers comptaient de nombreuses personnalités appartenant
au monde parlementaire, médical et scientifique.*

*Au départ d'Ajaccio, un maître d'équipage fut reconnu malade,
et son cas parut assez suspect pour qu'on décidât le retour immédiat
à Marseille. On eut grandement raison, car le maître d'équipage était
atteint de la peste, dont il mourut. On dut débarquer les touristes et
les isoler au lazaret du Frioul. Ils se montrèrent très mécontents du
service sanitaire.*

*Un des passagers, M. le Dr Bucquoy, se fit l'écho des mécon-
tentements à la tribune de l'Académie de médecine le 29 octobre 1901.
M. le Prof^r Proust, inspecteur général des services sanitaires, répon-
dit à M. Bucquoy dans la séance du 5 novembre et M. Henri Monod
dans la séance du 12 novembre).*

Messieurs,

Mon premier mot sera pour remercier notre collègue, l'honorable M. Bucquoy, de la forme courtoise qu'il a donnée aux si naturelles doléances des passagers du *Sénégal*. L'administration sanitaire ne peut s'attendre à trouver beaucoup de bonne humeur chez ceux que leur mauvaise étoile conduit dans ses lazarets, — ce ne sont pas, comme l'a très bien dit M. Bucquoy, des lieux de délices. — Il suffit, pour qu'elle soit reconnaissante, que les plaintes se produisent avec modération, et lorsque, comme dans le cas présent, elles sont appuyées sur une incontestable compétence, elle a le vif désir de pouvoir en tirer profit pour l'amélioration de ses services.

J'adresse aussi mes remerciements à l'Académie de ce qu'elle a bien voulu maintenir la question à son ordre du jour. Sur les critiques que M. Bucquoy avait formulées, M. l'inspecteur général Proust a bien dit tout l'essentiel. Néanmoins, peut-être sera-t-il de quelque intérêt pour vous, Messieurs, de connaître sur ces divers points ce qu'en écrivait le directeur de la Santé à Marseille, M. le Dr Catelan, non pas dans une défense rédigée après coup, mais dans les rapports quotidiens qu'il adressait, au cours de l'affaire qui vous occupe, à l'administration centrale. L'Académie aura ainsi sous les yeux tous les éléments de la question sur laquelle on l'invite à se prononcer, et sur la partie scientifique de laquelle elle a qualité pour se prononcer.

J'entre immédiatement en matière et je vous prie, Messieurs, de m'excuser si je suis amené, par la force des choses, à rappeler certains faits déjà mentionnés par M. l'inspecteur général des services sanitaires.

Un des griefs les plus justement produits par M. Bucquoy est la malpropreté du *Sénégal*.

Le *Sénégal* est arrivé à Marseille le 28 août. Il avait une patente *brute*, puisqu'il avait fait escale à Alexandrie, port contaminé (art. 5 du règlement de 1896), mais il était considéré comme *indemne*, puisqu'il n'avait eu ni décès, ni cas de maladie pestilentielle à bord (art. 6 du même règlement). Les passagers et l'équipage furent soumis à la visite médicale, laquelle ne révéla rien de suspect. Le linge sale, les effets à usage, les objets de literie, furent désinfectés. Dans le rapport mensuel adressé le 31 août au ministère, et où sont énumérés les navires arrivés à Marseille au cours du mois écoulé, je trouve, sous le n° 58 :

Le *Sénégal*, — arrivé le 28, — venant de Beyrouth, — ayant fait escale à Alexandrie, — patente brute, — 85 hommes d'équipage, — 254 passagers, — ayant à bord un médecin et une étuve ; — 409 colis ont été soumis à la désinfection par l'étuve du Frioul.

Le service sanitaire avait procédé comme il fait toujours, comme le règlement lui prescrit de procéder. Celui-ci, en effet, ordonne la visite médicale et la désinfection du linge sale pour les navires indemnes ; il n'ordonne la désinfection du navire que pour les navires infectés, c'est-à-dire ayant eu des cas de maladie pestilentielle. Or, cette manière de procéder s'est montrée inefficace, puisque des rats infectés étaient restés à bord, puisque, le 18 septembre, un cas de peste dénonça la présence sur le navire de rats malades dont la maladie devait remonter au 23 août, jour où le *Sénégal* avait quitté Alexandrie. Cette constatation établit que ce qui a suffi contre le choléra ne suffit pas contre la peste. Il y aura donc à faire autrement à l'avenir, à agir plus rigoureusement à l'égard des navires indemnes, et telle est la grande leçon qui ressort de l'aventure du *Sénégal*. Cette expérience doit avoir pour résultat de rendre obligatoire sur tous les navires provenant de ports contaminés de peste et déchargeant leurs marchandises dans nos ports la sulfuration de la cale, destructrice des rats. La réforme nécessite une légère augmentation de personnel que sans doute les Chambres ne nous refuseront pas. Mais au moment de l'arrivée du *Sénégal* le service de Marseille n'avait pas les moyens d'agir autrement qu'il n'a fait. Il a exécuté le règlement et ne pouvait aller au delà.

Serait-ce au départ du *Sénégal*, le 14 septembre, que ce service aurait manqué à son devoir? M. le Dr Bucquoy le pense. Il s'exprime en ces termes :

> La première faute a été de nous embarquer sur un bateau à qui a manqué *avant le départ* une inspection sanitaire suffisante, aussi bien de la part des Messageries maritimes que du *service de la Santé*.

Pour des raisons pratiques qu'il serait trop long d'exposer, l'inspection sanitaire officielle des navires au départ est d'une exécution extrêmement difficile. Nous n'avons cependant pas reculé devant ces difficultés quand nous avions en France le choléra. Nous avons considéré alors que c'était un devoir strict de ne pas laisser sortir un navire sans s'être assuré, dans la mesure du possible, qu'il n'offrait aucun danger. Mais cette inspection rigoureuse n'était pratiquée que dans les ports contaminés. Le 14 septembre, le port de Marseille était indemne; il l'est encore; à aucun moment il n'a été contaminé de peste. Pense-t-on que dans ces conditions le commerce eût supporté la gêne énorme, le retard considérable, le discrédit peut-être, qui fussent résultés de l'inspection sanitaire de tous les navires quittant Marseille? Une telle mesure ne pourrait être imposée à notre commerce, au commerce de tous les autres pays qu'à la suite d'une entente internationale. Dans l'état actuel des choses, elle est impraticable.

Mon ami, le Dr Leroux, qui était parmi les passagers du *Sénégal*, a raconté avec humour sa courte odyssée dans la *Gazette hebdomadaire*, et, au sujet du maître d'équipage qui a si malheureusement succombé et dont M. Bucquoy a parlé en termes qui nous ont touchés : « Peut-être, dit-il, était-il souffrant la veille, et une simple visite eût-elle suffit pour empêcher son embarquement. » La visite réclamée par le Dr Leroux avait eu lieu. Voici en effet ce qu'écrivait le Dr Catelan dans son troisième rapport sur cette affaire, celui du vendredi 20 septembre :

> Le *Sénégal* est parti avec un équipage soigneusement examiné, tout à fait bien portant à cette époque, n'ayant eu, pendant son séjour de dix-sept jours à Marseille, aucun cas de maladie, ni même d'indisposition quelconque.

Il est donc très probable que le maître d'équipage n'a été atteint qu'en cours de route. Rien n'avait pu faire soupçonner au service de Marseille ce fait sans précédent, comme l'a très bien dit M. Bucquoy, de l'éclosion de la peste sur un navire sorti d'un port in-

demne, ayant quitté depuis vingt-sept jours le port où, vraisembla-
blement, il a embarqué le fléau (1).

Le retard mis au débarquement des passagers et le maintien de
l'équipage sur le *Sénégal* ont été vivement reprochés au service.

Quant à l'équipage, la lettre du Dr Catelan, que M. Bucquoy
vous a lue, expose, il me semble, d'une manière claire, les raisons
qui ont mis le directeur de Marseille dans l'obligation de laisser
l'équipage à bord du *Sénégal*, ce qu'il considère d'ailleurs comme
une prescription réglementaire, jusqu'au moment où il put être
transbordé sur l'*Ortégal*.

Le règlement, écrit M. Catelan, veut que l'équipage reste à bord, et cependant j'obtins de la Compagnie un deuxième navire. Mais cela ne se fait pas en
cinq minutes. On ne décharge pas si vite un *Ortégal*. En outre, la plupart des

---

(1) « La question des rats est également fort importante, dit le Dr Leroux. Le Prof[r] Proust,
dans son dernier voyage d'inspection à Marseille, vient de prescrire la destruction des
rats. C'est fort bien, mais pourquoi a-t-on attendu qu'éclatât une épidémie de peste à
bord du *Sénégal* pour faire ces prescriptions ? Tout le monde sait que les rats et leurs
puces sont les véhicules de la peste. Comment ne s'en est-on pas occupé ?... Si les
engins connus sont insuffisants, il serait peut-être bon de chercher mieux. Enfin, il existe
des moyens de destruction des rats, puisque le Prof[r] Proust vient d'en prescrire l'application. Mais pourquoi attendre une épidémie ? »

Voici un passage de ces instructions ministérielles qui montrent l'extrême danger de la
présence des rats, soit dans les lazarets, soit sur les navires, et indiquent les moyens
de s'en débarrasser.

« Les rats et les souris sont des agents très actifs de la propagation de la peste. Lorsqu'ils sont atteints, la maladie ne tarde pas à sévir parmi la population des lieux où ils
passent ou dans lesquels ils séjournent. L'épizootie de ces rongeurs précède de peu de
jours l'épidémie humaine.

« Aussi, convient-il d'éviter **à tout prix** leur présence dans les lazarets et sur les
navires.....

« Lorsqu'un navire est à quai, les amarres et cordages qui le retiennent doivent être
munis de balais, entonnoirs, ou mieux d'écrans, etc., disposés de façon à empêcher les
rats de se servir de ces amarres et cordages pour pénétrer dans le navire ou en sortir.
Les passerelles doivent être levées pendant la nuit.

« Avant le chargement, il faut s'assurer qu'il n'existe pas de rats sur le navire. S'il en
existe ou qu'on le craigne, il faut les détruire par les moyens ci-dessus indiqués. Le navire doit être désinfecté à l'acide sulfureux avant tout chargement, dans toutes les parties
où les rats peuvent séjourner ; les autres locaux doivent être désinfectés avec la solution
de sublimé salée à 1 gramme p. 1.000 de bichlorure de mercure pour 2 grammes de
sel marin également pour 1 litre d'eau distillée. Les cadavres des rats doivent être
brûlés.....

« *De la parfaite exécution de ces instructions dépend le régime sanitaire à imposer aux
navires. Elle permettra d'autant plus d'éviter l'application rigoureuse de ce régime que la destruction des rats aura été mieux et plus rapidement assurée* ».

On pense que ces instructions ont été inspirées par l'aventure du *Sénégal*. Celle-ci est
du mois de septembre dernier ; celles-là sont du 17 juillet 1899.

(Ce passage a été omis dans le discours prononcé à l'Académie comme faisant double
emploi avec des indications données à la séance précédente par M. l'inspecteur général
Proust.)

passagers réclamèrent très vivement lorsque l'on fit courir le bruit que les matelots allaient être mêlés aux passagers à terre. Certains étrangers allèrent même jusqu'à demander la protection de leur gouvernement contre le voisinage de l'équipage.

La lenteur du débarquement a été motivée par l'incertitude du diagnostic porté sur le premier cas.

Dans son second rapport, celui du 19 septembre, M. Catelan écrivait :

Prévenu par la direction des Messageries maritimes, j'étais allé vers 7 heures du matin au Frioul, accompagné de M. Gauthier, afin d'attendre le navire et de procéder immédiatement à son examen bactériologique. Malheureusement, l'examen ne donne pas de résultat positif et laisse place au doute. J'ai conféré avec MM. Bucquoy, Desmons, Chauffard. Ces messieurs, dont la décision a fait ramener le navire à Marseille, ne peuvent donner un avis ferme. Ils déclarent seulement qu'il y a adénite infectieuse, dont le microscope peut seul déterminer la nature.

M. le Dr Charles Leroux insiste sur cette incertitude du diagnostic au début.

Le diagnostic est forcément réservé, dit-il, à raison de notre inexpérience générale en fait de peste. Le 17 septembre, la plaque d'adénite s'empâte davantage ; la peau est plus rouge ; on craint la suppuration, ce qui donne à tous quelque espoir et laisse toujours planer l'indécision du diagnostic.

Et, plus loin, après la visite médicale :

D'après le Dr Jacques, il est peu probable qu'il s'agisse là d'un cas de peste, en raison des caractères un peu anormaux de l'adénite, et surtout de l'absence de douleurs des ganglions, qui, dans la peste, sont ordinairement isolés et fort douloureux au toucher.

On était donc très incertain.

Dans ces conditions, continue le directeur de la Santé de Marseille, il n'y avait qu'un parti à prendre. J'ai mis le *Sénégal* en isolement de rigueur, avec ses passagers à bord, jusqu'à ce que les cultures entreprises par le Dr Gauthier eussent donné un résultat. Celui-ci demande quarante-huit heures pour répondre. Si l'on reconnaît que cette adénite n'est pas d'origine pesteuse, le *Sénégal* pourra continuer sa croisière avec patente nette. Il s'agit d'attendre.

Comme on le voit, on comptait avoir à attendre deux jours.

Mais, ce jour-là même, en faisant partir son rapport, M. Catelan ajoutait :

Au moment de fermer cette lettre, je suis informé d'un fait grave. On me téléphone qu'un nouveau cas vient de se produire dans le poste occupé par le premier malade. Il n'y a donc plus de doute, d'autant moins que le Dr Gauthier, à l'instant même, me fait savoir que les examens sont un peu plus probants sur les frottis prélevés sur le premier malade. Enfin, sur les quatre rats que j'avais donné ordre de capturer, le dernier vient d'être autopsié et examiné, et trouvé profondément infecté. Je prends toutes les dispositions pour débarquer dès demain matin les passagers du *Sénégal*.

On se demande comment le directeur de la Santé eût pu agir autrement qu'il n'a fait. Supposez un instant que l'événement eût été inverse, que décidément le diagnostic de peste eût été écarté, et que, cependant, sur une simple présomption, on eût obligé tous les passagers du *Sénégal* à débarquer dans ces installations rudimentaires du Frioul ; ne saute-t-il pas aux yeux, comme l'a indiqué M. l'Inspecteur général, que des plaintes, qui auraient paru très légitimes, se fussent élevées, et qu'on n'aurait pas eu assez de récriminations contre les exigences ridicules du service sanitaire ?

D'ailleurs, c'est sur la demande des passagers eux-mêmes, c'est du moins d'accord avec eux, que le débarquement a été retardé. Voici ce qu'écrit M. le Dr Faivre, inspecteur des services de la Santé dans les ports :

MM. Galetti et Gauthier, médecins de la Santé, nous ont dit, à M. Proust et à moi, que les passagers s'étaient mis d'accord avec le service sanitaire pour attendre, avant de débarquer, le résultat de l'examen bactériologique. Dans le cas où cet examen aurait été négatif et où aucun autre incident ne se serait produit, ils auraient repris leur voyage.

Ce qui est confirmé en ces termes par M. Catelan :

Le 18, à 3 heures 1/2, je me rendis le long du bord et j'eus une longue conférence avec MM. Bucquoy, Chauffard, Desmons, etc... L'examen ne donnait que des résultats très douteux. Alors, après leur avoir fait reconnaître qu'ils étaient *en droit* de reprendre la mer après dépôt du malade, mais avec inscription à la patente du fait qui avait motivé leur retour, ces messieurs convinrent avec nous que, pour épuiser toutes les chances de reprendre la croisière, on attendrait jusqu'au samedi matin le résultat des cultures et inoculations.

J'attire, d'ailleurs, l'attention de l'Académie sur un point. Le lazaret, tel que nous le possédons au Frioul, le lazaret qui permet de séparer les passagers du navire contaminé, constitue par lui-même, et si défectueux qu'il soit, un progrès important. Presque partout ailleurs, c'est à bord que la période d'observation s'écoule, et ce n'est pas seulement l'équipage, ce sont les passagers qui seraient restés sur le *Sénégal*, si ce navire, au lieu de rentrer à Marseille, fut arrivé à Anvers ou à Hambourg. Pour nous faire honte de notre établissement sanitaire, auquel, M. Proust l'a plus d'une fois rappelé à cette tribune, le Dr Koch a rendu une si éclatante justice, pour lui opposer un établissement meilleur, il a fallu chercher jusqu'au Japon. Allez-y voir! Je ne sais pas ce que valent les installations sanitaires de Nagazaki; mais il y a une chose que je sais, parce que c'est la leçon que l'expérience, que le bon sens nous apprennent, c'est que si ces installations de Nagazaki équivalent, comme on le dit, à celles d'un hôtel de premier ordre, cette situation heureuse ne durera pas, à moins que le lazaret soit utilisé d'une manière permanente. Ce qui n'est pas employé se détériore fatalement. Or, quelle est notre situation au Frioul? M. Proust vous l'a dit: pendant la dernière période décennale, de 1891 à 1900, le nombre total des passagers de 1re classe a été de 119; le nombre de journées passées au lazaret du Frioul pendant ces dix ans, par des passagers de toutes classes, a été de 49 : cinq en moyenne par année. J'ajoute que, pendant cette longue période, le nombre de navires soumis à l'isolement a été de huit. Il est bien difficile, alors qu'en moyenne on reçoit dans un établissement de 10 à 12 personnes par an, d'être outillé de manière à en recevoir tout à coup 174 dans les conditions d'un parfait confort. Je reviendrai sur ce point tout à l'heure, quand je parlerai des installations du Frioul; je voulais seulement indiquer ici que l'existence seule d'un lazaret permettant le débarquement est un progrès sur ce qui se pratique presque dans tous les autres pays, et je me résume sur ce point. Si l'équipage a été maintenu sur le *Sénégal*, du 20 au 24 septembre, c'est qu'il était impossible de faire autrement. Si le débarquement a été tardif, c'est que le diagnostic est demeuré quelque temps incertain, et ce retard a eu l'assentiment des passagers les mieux qualifiés.

On a fait grief au service sanitaire de Marseille de l'absence ou de l'insuffisance du sérum. L'honorable M. Bucquoy s'est exprimé en ces termes:

Un fait qui nous a particulièrement émus, c'est le manque de sérum anti-pesteux à bord du *Sénégal*... Nous avons été aussi singulièrement surpris quand nous apprenions que, *quatre jours après notre arrivée au Frioul,* on manquait encore de sérum.

Je n'ai pas qualité pour défendre la Compagnie des Messageries maritimes. Je n'ai qu'une chose à dire sur ce point, c'est que nous avons recommandé, — ici encore nous ne pouvons pas, en l'état actuel de la législation, faire autre chose, — nous avons recommandé aux compagnies de navigation de se munir de sérums, notamment de sérum antipesteux. Il y a tout lieu d'espérer qu'après l'affaire du *Sénégal* nos conseils seront écoutés.

Là où l'action du gouvernement peut s'exercer, elle s'exerce dans ce sens, comme M. Proust vous l'a montré par l'arrêté du ministre de l'intérieur du 3 septembre 1900, relatif aux navires soumis au régime de l'émigration. Pour les navires qui ne dépendent à aucun degré de l'administration, la persuasion est la seule arme dont nous puissions disposer.

Quant au sérum du lazaret, il y a, me semble-t-il, une petite erreur dans le calcul de M. Bucquoy quand il dit que, quatre jours après l'arrivée du *Sénégal*, le sérum manquait pour les inoculations préservatrices. Le *Sénégal* est arrivé le mercredi, à 11 heures du matin. Il y a eu quatre jours écoulés depuis son arrivée le dimanche matin à 11 heures. Or, presque toutes les inoculations étaient pratiquées le samedi à 5 heures du soir. Il n'est donc pas tout à fait exact de dire que quatre jours après l'arrivée, c'est-à-dire le dimanche, on manquait de sérum. On n'en manquait pas même la veille, le samedi, puisque, ce jour-là, les passagers qui consentirent à être inoculés le furent. La vérité est qu'on n'en a jamais manqué.

M. Catelan nous écrit à ce sujet :

La provision de sérum nécessaire pour tout un grand navire, équipage et passagers, est toujours prête. Chaque fois qu'on entame la réserve de 400 doses que j'ai toujours sous la main, je demande par télégramme 200 flacons. Je répète que c'est au moment où un nouveau navire se présente que, immédiatement, pour remplacer la réserve mise en consommation, je demande par dépêche télégraphique une provision nouvelle. (Lettre du 2 novembre 1900.)

Mais pourquoi, dit M. Bucquoy, les injections n'ont-elles pas été conseillées tout d'abord?

Les rapports quotidiens du directeur vont répondre.

Rapport du 20 septembre, c'est-à-dire du jour même du débarquement: *J'ai fait dire et* AFFICHER que des provisions de sérum sont à la disposition des personnes qui désireront se faire immuniser.

21 septembre: J'ai envoyé le Dr Jacques à bord du *Sénégal* pour proposer à l'équipage une vaccination immédiate. Il démontrera aux hommes que les marins du *Laos* ont été indemnes grâce à cette précaution.

Je me suis rendu au Frioul à la demande du corps médical interné. Ces messieurs désirent surtout être inoculés avec du sérum *frais*. Au moment de l'arrivée du *Sénégal*, il me restait des provisions demandées à l'époque du *Laos* environ 90 à 100 tubes de sérum (1). Je télégraphierai à l'Institut Pasteur pour avoir directement 200 tubes.

L'Institut Pasteur les envoya et on eut du sérum *frais*, c'est-à-dire fraîchement arrivé de Paris. Mais entre temps, et dès le samedi à 5 heures, les inoculations avaient été pratiquées par le Dr Jacques. Il n'y avait pas de raison pour se défier du sérum dont on disposait alors. « On sait, dit le Dr Leroux lui-même, que le sérum préparé en flacons hermétiquement fermés se conserve avec toutes ses propriétés au moins une année. » M. Bucquoy s'écrie : « Chose incroyable ! On n'avait pas de sérum *frais* au Frioul ! » A quoi bon entretenir dans tous nos lazarets du sérum frais si le sérum âgé de quelques semaines que nous possédons est tout aussi efficace ?

Sur l'équipage du *Sénégal*, l'intervention du Dr Jacques eut un plein succès. M. Catelan écrit, en effet, le 23 septembre :

L'équipage entier, officiers, garçons, femmes de chambre, etc., s'est soumis aux injections depuis hier. J'espère que tous, sans exception, auront été injectés ce soir.

A ce moment, le sérum frais de l'Institut Pasteur n'était pas arrivé. Par surcroît de prudence, M. Catelan emprunta 50 flacons à l'hôpital militaire ; il les restitua le 26 septembre n'ayant eu à faire usage d'aucun.

L'on s'est donc trompé en pensant que le sérum avait fait défaut. Il aurait peut-être été surabondant si le directeur de la Santé eût commis la faute de vouloir l'imposer dès le début. Tout en le recommandant, comme les instructions le lui prescrivaient, il a su se le faire réclamer, et peut-être est-il ainsi parvenu plus facilement à le faire accepter.

Il faut bien le reconnaître, Messieurs, sur ce terrain des conquêtes

---

(1) Rapport du 27 septembre.

modernes, les plus admirables de la science, les agents sanitaires sont parfois fort embarrassés. Jusqu'à quel point sont-ils autorisés à insister pour l'usage d'un remède nouveau, pour l'emploi des vaccinations préventives? L'embarras devient extrême quand un directeur de la Santé se trouve en présence d'illustrations médicales.

Le public croit, — et je ne sais jusqu'à quel point il a tort, — que l'avis par lequel l'Académie de médecine et le Comité consultatif d'hygiène publique de France déclarent qu'il n'y a pas lieu de s'opposer à la vente de tel ou tel sérum implique seulement que ce sérum est sans danger, mais n'a pas la valeur d'une solennelle consécration scientifique. Nous avons cru pouvoir prescrire dans nos instructions de recommander l'emploi du sérum antipesteux, même préventivement. Mais ces recommandations ont été peu écoutées. Jusqu'ici, ce n'était pas de la disette du sérum que nous avions à nous plaindre. Si, cette fois, tous les passagers, à l'exception de huit ou neuf personnes, et tout l'équipage se sont fait inoculer, ce résultat heureux est certainement dû à l'intervention des hommes éminents qui, comme nous l'a dit notre collègue, ont donné l'exemple en se faisant inoculer les premiers, et si l'Académie profite de la présente conjoncture pour sanctionner ce qui a été pratiqué par les hommes éminents dont je parle, et pour donner aux inoculations du sérum antipesteux, soit curatives, soit préventives, l'autorité de son approbation, elle procurera aux agents sanitaires une force nouvelle pour exécuter les instructions qu'ils ont depuis longtemps reçues.

Il faut passer condamnation sur l'installation, au point de vue du bien-être, de notre grand lazaret de la Méditerranée. Les passagers du *Sénégal* ont trouvé cette installation des plus médiocres. Ils ont eu grandement raison. Oh non! Monsieur Bucquoy, tout n'est pas pour le mieux dans le meilleur des mondes. Et qu'eussiez-vous dit si vous aviez été débarqué au Frioul il y a quelques années?

En 1899, nous avons obtenu des crédits importants pour l'amélioration de nos services sanitaires dans les ports. Ce n'a pas été sans soulever des critiques assez acerbes. Néanmoins, je ne doute pas que les Chambres ne votent pour la défense contre la peste les sommes qui seraient reconnues nécessaires. Seulement, cette nécessité est difficile à démontrer. Il est souvent malaisé d'obtenir des crédits pour des dépenses dont le bienfait est, par la force des choses, négatif, n'apparaît pas clairement, peut toujours être contesté, et dont l'utilité ne se manifeste avec éclat que lorsque les dépenses n'ont pas été faites à temps et que le mal s'est produit.

Des crédits obtenus en 1899, une grande partie a été employée au Frioul. Mais, dans le programme des travaux, ceux à faire au lazaret, à ce lazaret qui recevait, dans les pavillons de 1re classe, de quinze à vingt personnes par an, ne venaient qu'en seconde ligne. Que voulez-vous? On a été au plus pressé. Il a fallu installer et outiller un laboratoire. Des bâtiments tombaient en ruines : il a fallu les réparer. On a fait une distribution d'eau, des bains-douches, des lavabos, des water-closets. On a affrété une chaloupe à vapeur. On a installé des appareils à désinfection. On a fait un appontement, relié aux bâtiments par des voies Decauville. Tout cela, qui était d'une extrême urgence, achevé, il n'est presque rien resté pour améliorer le lazaret proprement dit. Ces dépenses étaient, au regard des autres, considérées un peu comme des dépenses de luxe. D'autant que les dépenses d'établissement eussent eu pour corollaire une augmentation sensible des dépenses permanentes d'entretien, et que l'on hésitait, pour procurer un peu plus de confort à une très faible quantité de passagers pendant un très petit nombre de jours, à imposer une charge permanente aux contribuables. L'on a donc, à ce moment, porté tout l'effort sur les dépenses intéressant directement la défense sanitaire du pays. De là le fâcheux état dans lequel se trouve le lazaret du Frioul.

Récemment, nous avons désiré connaître ce que coûterait la mise en état de l'établissement, de manière à parer aux critiques futures. Nous avons demandé un projet d'amélioration. L'architecte du Frioul nous a soumis les plans d'un lazaret modèle, qui pourrait lutter, sans doute, celui-là, avec le lazaret de Nagazaki. Il coûterait, seulement pour les travaux de construction, 1.800.000 francs. Pour un établissement qui a jusqu'ici fonctionné en moyenne cinq jours par an, le morceau semble gros, et si un tel projet était présenté au Parlement, les passagers du *Sénégal*, qui ont eu le bonheur d'avoir parmi eux un si habile et si brillant avocat, risqueraient de rencontrer à la Commission du budget un ancien ministre des finances, qui lui ressemble fort, et qui pourrait bien cette fois n'être pas de leur avis.

Il y a cependant quelque chose à faire. Il semble impossible qu'on n'admette pas que l'extension de la peste dans la Méditerranée nous crée des obligations nouvelles. Pendant des années peut-être, des navires provenant de ports contaminés, même des navires infectés, se présenteront au port de Marseille. Ce n'est plus par dizaines, c'est par centaines que les passagers afflueraient au Frioul. Nous souhaitons bien le contraire, mais c'est cela qu'il faut prévoir. Le lazaret doit être installé de manière à recevoir les passagers dans des conditions meilleures que celles où il les reçoit aujourd'hui. La question doit être soigneusement et promptement examinée, et c'est encore un des services que l'accident du *Sénégal* nous aura rendus.

Dans cette occurrence, tout s'est réuni pour compliquer une situation déjà très embarrassée. Le retour inopiné du *Sénégal* ne pouvait pas ne pas prendre le service sanitaire par surprise. Ce service venait d'épuiser ses approvisionnements pour les passagers du *Laos*. Son personnel, si réduit par les limites de son budget, — et vous verrez tout à l'heure combien il est laborieux de recruter ce personnel, — était surmené. Pendant la période d'observation, l'arraisonnement d'autres navires arrivant chaque jour de ports contaminés obligeait à séparer Ratoneau de Pomègue, où se trouve l'établissement des bains, et cette séparation imposait aux passagers du *Sénégal* une privation cruelle. Peut-être faudra-t-il créer au Frioul même un second établissement balnéaire : c'est une grosse dépense que l'on espérait éviter.

Oui, les difficultés ont été extrêmes pour la direction de la Santé, et des concours sur lesquels elle avait cru pouvoir compter lui ont fait défaut. Je citerai deux exemples de ces complications inattendues.

J'avais été frappé, dans le récit du Dr Leroux, de la manière dont il raconte l'arrivée au Frioul des passagers. Rien ne semblait préparé pour les recevoir ; personne ne semblait chargé de les accueillir ; la distribution des places dut être faite par le directeur de la croisière, M. Olivier. J'ai demandé à M. Catelan des indications précises sur ce point. Il explique dans une lettre, qu'il serait trop long de lire, que le débarquement avait été étudié par lui la veille avec le plus grand soin, qu'il avait donné des instructions minutieuses au Dr Jacques ; mais celui-ci, qui devait, ce jour-là même, donner la libre pratique à l'*Ernest-Symons*, ayant été retenu sur ce navire quelques minutes de plus qu'on n'avait compté, l'impa-

tience des passagers de quitter le bord devint telle, que, sans attendre
le Dr Jacques, — et on devait l'attendre, — on a armé les embar-
cations, on y a entassé passagers et bagages, et l'ordre prévu fut
ainsi complètement bouleversé. Il fut, du reste, vite rétabli, car, le
jour même, le Dr Galetti écrivait au Dr Catelan.

> Le débarquement est terminé. La distribution des chambres et des places à
> table a été laissée aux soins de M. le directeur de la croisière. M. le Dr Jacques
> me rapporte qu'elle s'est accomplie à la satisfaction générale, chacun ayant apporté
> la plus parfaite bonne grâce à se soumettre aux nécessités de la situation.

La hâte extrême de quitter le bord était bien naturelle, mais on
voit que l'on ne saurait incriminer la direction de la Santé.

Voici mon second exemple. M. Catelan, se rendant bien compte
de l'insuffisance de son personnel devant les personnages qui débar-
quaient au Frioul, ne se contentant pas de ses 18 auxiliaires, dont
les aptitudes le laissaient en défiance, s'était préoccupé d'assurer
aux passagers du *Sénégal* des serviteurs mieux dressés. Dès le
19 septembre, avant le débarquement, il écrivait :

> Je vous serais reconnaissant, Monsieur le Ministre, étant donné qu' il y a à bord
> 60 à 70 dames ou demoiselles, de faire faire une démarche auprès de la Compa-
> gnie des Messageries maritimes, afin que les femmes de chambre du bord soient
> débarquées en même temps, ainsi que quelques garçons, pour assurer le service
> des intéressés.

Il n'attend pas, du reste, le résultat de la démarche qu'il sollicite
du ministre ; il la fait lui-même ; il y réussit, et, tout joyeux de son
succès, il biffe au crayon rouge ce passage de son rapport, et écrit
en marge : « Annulé. M. le Directeur de la Compagnie des Messageries maritimes à Marseille m'a accordé la demande. »

Mais, le lendemain, il fallut déchanter :

> Les passagers, écrit-il, ont absolument refusé les services des garçons et des
> femmes de chambre du paquebot.

M. Bucquoy m'a dit n'avoir pas eu connaissance de ce refus, qui
a évidemment été opposé à M. Catelan par celui qui avait qualité
pour représenter les passagers dans les affaires administratives,
mais le refus est certain. Le directeur revient sur ce point le 21 septembre :

> Pour ce qui concerne la propreté, le service des chambres, j'avais obtenu que

4 garçons et 4 femmes de chambre du *Sénégal* fussent débarqués pour assurer cette partie du service : les passagers eux-mêmes les ont refusés formellement, disant qu'ils préféraient se servir eux-mêmes que d'avoir un pareil personnel.

Ainsi, la possibilité du moindre contact avec une parcelle quelconque de l'équipage causait des terreurs, peut-être explicables, mais vraiment exagérées.

Nous avions, en 1889, obtenu des crédits spéciaux nous permettant un personnel supplémentaire, à la condition formelle que ce personnel serait licencié dès que sa présence ne serait pas indispensable. Cet engagement, l'administration sanitaire l'a tenu scrupuleusement, trop scrupuleusement peut-être, peut-être prématurément, et, au moment de l'arrivée du *Sénégal*, nous n'avions au Frioul, comme l'a dit M. Bucquoy, que 8 employés. C'est le personnel normal. M. Catelan a immédiatement engagé 18 autres serviteurs. Voici comment il s'exprime, à cet égard, dans son rapport du 21 septembre :

Vous savez, Monsieur le Ministre, que nous avons au Frioul seulement 8 employés, tous assez âgés, pour la garde, la surveillance et la propreté des chambres des trois pavillons de 1re classe, et des deux pavillons de 2e classe. Que faire ? J'ai recruté 18 auxiliaires ; j'en ai mis 2 à chaque pavillon, destinés à servir les passagers. Mais croit-on que ce soient des gens de service déjà stylés et bien dressés ? Il est impossible d'en avoir. Même en y mettant des prix exagérés, on ne trouvera pas de garçons de salle, des femmes de service pour aller s'interner, avec l'idée que la peste peut les atteindre. Nous recrutons des gens que la faim pousse à accepter toutes les tâches. Nous choisissons les moins mauvais, quand encore nous avons le choix...

Deux jours après, c'est le même refrain :

23 septembre. — On est obligé de se contenter des services que peuvent rendre des journaliers recrutés sur place et embauchés à titre d'hommes de peine. On ne trouve pas de *garçons de service* proprement dits qui acceptent les conditions de recrutement. Quelles que soient les condoléances des intéressés, je suis impuissant.

Je citerai encore, au point de vue des installations du Frioul et des difficultés du service, les passages suivants des rapports de M. Catelan :

19 septembre. — Le lazaret a été mis en état (presque) après le départ des internés du *Laos*. Mais les maçons sont encore à Ratoneau pour la réfection des salles précédemment occupées par les pestiférés du *Laos*.

20 septembre. — J'ai fait transporter au lazaret un approvisionnement suffisant de médicaments pour tous les cas urgents qui pourraient se produire. La pharmacie fonctionne comme d'habitude. En outre, les passagers ont été prévenus qu'ils avaient toute latitude, dans la limite large des règlements, pour faire venir de la ville toutes choses qui leur plairaient, jeux, livres, musique, pianos, etc... Un correspondant en ville va être chargé des commissions dont la liste me sera adressée chaque jour. Enfin, tout le personnel a reçu les ordres les plus précis pour atténuer, autant que possible, les ennuis et les difficultés qui découlent d'une situation aussi imprévue. Je fais chercher une infirmière qui consente, en cas de maladie chez une de ces dames passagères, à s'interner au lazaret. Le nombre des auxiliaires attachés au service des pavillons sera augmenté s'il est reconnu insuffisant. Le service du restaurant sera surveillé de très près. Les vivres, à l'arrivée, seront examinés par les médecins du lazaret, et toute réclamation me sera immédiatement transmise...

21 septembre. — Le directeur de la Santé, lui ouvrît-on les crédits les plus larges, ne peut refaire les bâtiments et les logements. Le matériel d'ameublement réglementaire est au complet partout. C'est, il est vrai, un matériel peu confortable, bon il y a cinquante ans; qu'y puis-je faire? Le renouveler quand il manque, et le remplacer par des objets réglementaires, pas autre chose.

23 septembre. — Pour comble de difficulté, les arrivages au Frioul sont doublés, triplés, ainsi que l'état hebdomadaire le porte. Nous attendons après-demain le général Voyron et son état-major, ainsi que des troupes rapatriées. C'est une complication qui met notre personnel sur les dents, et il est presque impossible, il est au-dessus de mes forces et de mes moyens, d'assurer à plein les mesures de police au lazaret.

... Je fais tous mes efforts pour donner satisfaction aux demandes des passagers. Je ne puis malheureusement changer la disposition des locaux, surtout du restaurant.

J'achète des objets de lingerie, etc. Les passagers, au nombre de 174, étant tous de 1re classe, nos approvisionnements sont tout à fait insuffisants.

24 septembre. — Un des principaux griefs des passagers est l'impossibilité de profiter des bains et bains-douches, si ce n'est à des intervalles irréguliers. Cela provient de ce que le service de surveillance des navires qui arrivent des ports contaminés nécessite, à moins de confusions et de collisions inévitables, l'éloignement des passagers et leur cantonnement dans les pavillons. Depuis l'internement des passagers du *Sénégal*, le *Iangtsé*, arrivé hier soir et expédié ce matin, est le huitième navire qui s'est présenté pour les opérations habituelles.

M. Catelan rend d'ailleurs pleine justice aux passagers du *Sénégal*.

20 septembre. — Les passagers ont pris leur situation par le bon côté; ils s'ingénient à se créer des distractions. En somme, ces personnes de haute éducation, ces vrais savants et hommes du monde, ont compris immédiatement les nécessités de la situation que les circonstances leur imposent et seront les premiers à rendre notre tâche moins pénible.

Le directeur eût certainement désiré voir plus qu'il n'a fait les

passagers du *Sénégal*. Mais pendant les sept jours passés par ceux-
ci au Frioul, dix-sept navires, venant de ports contaminés de peste,
nécessitant en conséquence des mesures de précaution attentives,
sont entrés dans le port de Marseille. On comprend que le directeur ait été écrasé de travail. Son premier souci était, et devait être,
de garantir le pays contre la terrible maladie. Il n'en a pas moins
fait en faveur des passagers du *Sénégal* ce qui dépendait de lui :
cela résulte, il me semble, avec évidence, des rapports dont j'ai lu
des extraits.

Le 20 septembre, le ministre de l'intérieur avait télégraphié au
directeur de la Santé :

> Je vous autorise à recruter un personnel auxiliaire et à engager toutes les dé-
> penses recommandées par les circonstances.

Le 23, le ministre avait télégraphié au préfet des Bouches-du-
Rhône.

> Veuillez recommander au directeur de la Santé de prendre les mesures néces-
> saires pour assurer aux personnes internées toutes les facilités compatibles avec
> les exigences du service. Je ne doute pas que votre administration ne prête à ce
> fonctionnaire, pour le seconder dans cette tâche, le concours le plus empressé,
> *et je vous serai obligé d'y veiller personnellement.*

Malgré tous ces efforts, des mécontentements se produisirent, et
sans doute ils ne pouvaient pas ne pas se produire, étant données
la qualité exceptionnelle des internés et la qualité très médiocre des
installations et du personnel. Aussi M. Catelan écrivait le 21 septembre :

> Les passagers n'ont jusqu'ici adressé aucune réclamation, mais je sais qu'ils
> sont très irrités, d'abord de la mésaventure qui leur arrive, et dont nous
> sommes destinés à payer les frais, quoique bien innocents, ensuite et surtout
> de ce que les installations du Frioul ne sont pas assez confortables, assez
> luxueuses. A cela nous ne pouvons rien... J'espère que ces messieurs et ces dames
> se rendront compte de tout le dévouement que le personnel met à leur service.
> A l'impossible nul n'est tenu, et il faut bien reconnaître qu'à l'époque où nous
> sommes on se plaindra de tout, on réclamera sur tout à chaque fois qu'il y aura
> internement de rigueur pour cause d'épidémie.

Et le 24 septembre :

> Les défectuosités, tant pour le matériel que pour le personnel sanitaire,
> frappent très vivement toutes les personnes qui subissent l'internement. Elles

ne peuvent pas ne pas se plaindre, si peu que ce soit, du personnel auxiliaire avec lequel on est obligé de suppléer au manque d'un personnel habitué et dressé à ce service.

Je fais tous les efforts possibles, et nos médecins et officiers sanitaires me prêtent à cet égard le concours le plus dévoué, pour atténuer les défectuosités, les pénibles conditions où se trouvent des personnes jetées tout à coup en dehors d'habitudes où le confortable moderne est une sorte de nécessité.

En effet, suivant les passagers qui débarquent, les exigences diffèrent, et par suite les satisfactions. Les passagers de l'*Équateur*, qui ont succédé à ceux du *Sénégal*, ont, en quittant le Frioul, envoyé leurs félicitations et leurs remerciements au directeur : « Ça me change », écrit mélancoliquement M. Catelan.

Pour la date à laquelle s'est terminée la mise en observation, les choses se sont passées comme elles se passent toujours. Le règlement de 1896 dit que la période d'isolement pour cause de suspicion de peste ne peut dépasser dix jours. Il n'oblige pas d'étendre la période jusque-là. Les conditions physiques et morales où se trouvaient les passagers du *Sénégal* permettaient certainement de la limiter en deçà de ce délai. Le 26 septembre, le ministre de l'intérieur télégraphiait au préfet des Bouches-du-Rhône :

Après avoir pris l'avis de M. l'inspecteur général des services sanitaires, en ce moment absent de Paris, je consens, comme vous le proposez, M. le directeur de la Santé et vous, à ce que la durée de l'observation subie par le *Sénégal* soit fixée à sept jours pleins si aucun fait nouveau ne se produit. Le débarquement, qui est, d'après le règlement, le point de départ de la période d'observation, ayant eu lieu le 20 septembre à midi, la libre pratique pourra être accordée après demain vendredi à midi si, je le répète, aucun fait nouveau ne s'est produit d'ici là.

Le préfet se rendit au Frioul. « J'y étais moi-même depuis le matin, écrit M. Catelan. Nous avons assisté au départ des passagers, dont la plupart ont manifesté leur surprise de n'avoir pas été aussi mal qu'on le leur avait fait craindre ».

Deux faits, Messieurs, d'inégale importance, fort heureux tous deux, veulent être rappelés ici.

Le premier a été reconnu de bonne grâce par M. Bucquoy. Aucun des passagers du *Sénégal* ne semble avoir souffert sérieusement des faits dont ils se plaignent. Cette circonstance leur facilitera la résignation, et comme ce sont tous de bons citoyens, ils finiront peut-être par se féliciter d'un mécompte dont les internés futurs recueilleront le bénéfice, grâce aux réformes qu'il aura, j'espère, déterminées.

Le second fait, auquel M. Bucquoy n'a pas fait allusion, est très digne de fixer l'attention de l'Académie. Détournons les yeux de cet âpre rocher du Frioul, et portons nos regards vers la France. Nous compatissons comme il convient aux ennuis qu'ont subis les passagers si distingués du *Sénégal*, mais puisque aussi bien aucun d'eux n'a été atteint dans sa santé, nous pouvons sans dureté de cœur envisager la question sous un aspect plus général. Il y a cinq ans et demi que la peste nous menace, et cette menace va grandissant avec une rapidité formidable. Le nombre de navires venus de pays contaminés de peste et entrés dans les ports français a été de:

1896	11
1897	80
1898	209
1899	368
1900	655

en tout 1.343 navires, dont 801 sont arrivés à Marseille. Pendant ces cinq années, nos services sanitaires, et spécialement celui de Marseille, se sont donc trouvés en présence d'un péril nouveau et effrayant, car les conquêtes de la science, restées assez longtemps incertaines, ne suffisaient pas à effacer les souvenirs terrifiants du passé. Quel a été le résultat de ces efforts obscurs, multipliés par les services sanitaires dans nos ports de France? Ont-ils, ou n'ont-ils pas, réussi jusqu'à présent à préserver notre pays? La peste semble s'être installée en Égypte; il y a eu de la peste en Portugal; il y en a eu en Italie; il y en a eu en Écosse; il y en a eu, il y en a en Angleterre; il n'y a pas eu, jusqu'au moment où je parle, un seul cas de peste sur le territoire français. Voilà ce qu'il ne faut pas perdre de vue; voilà ce qui est aussi sans précédent; et voilà ce qui doit assurer à plusieurs de nos agents, et particulièrement à M. le Dr Catelan, la reconnaissance publique.

Et sans doute nous déplorons, comme vous tous, les lacunes du service; nous les avouons; nous ne négligerons rien de ce qui dépendra de nous pour qu'à l'avenir les hospitalisés du Frioul aient

tout le bien-être compatible avec des installations nécessairement
temporaires et avec l'état des crédits qui nous sont alloués par les
Chambres. Mais, par-dessus tout, nous nous efforcerons de pour-
suivre la défense, jusqu'ici victorieuse, de notre territoire contre
l'ennemi qui le menace, et, dans cette œuvre patriotique, l'appui
et les conseils de l'Académie nous seront d'un précieux secours.

MELUN. IMPRIMERIE ADMINISTRATIVE. — M 2013 R